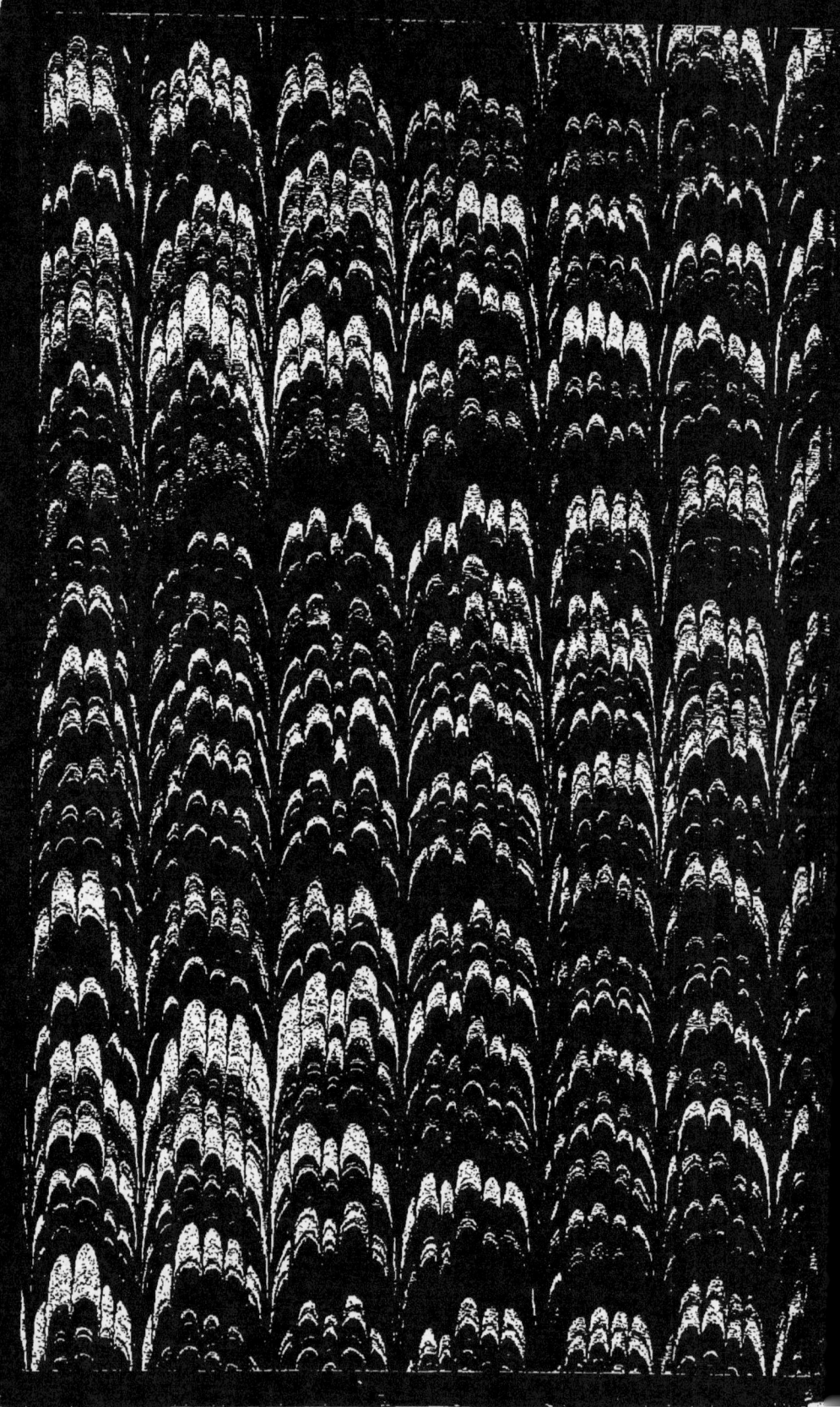

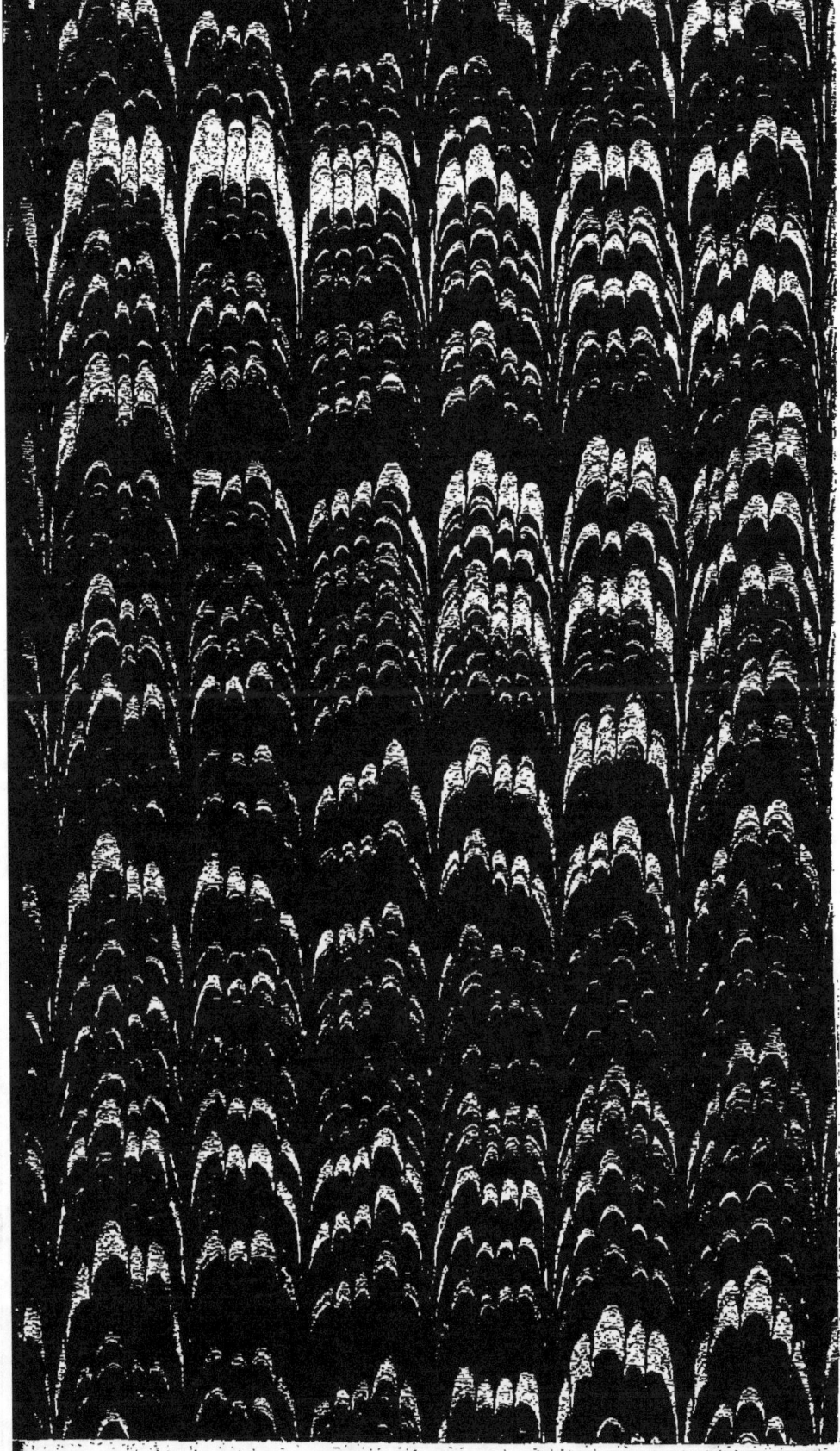

DIALOGUES PARISIENS

★

HUIT JOURS

Chez M. Renan

PAR

MAURICE BARRÈS

PARIS

A. DUPRET, ÉDITEUR

3, RUE DE MÉDICIS, 3

—

1888

DIALOGUES PARISIENS

*

HUIT JOURS

CHEZ M. RENAN

SOUS PRESSE

DIALOGUES PARISIENS

* *

LE BANQUET

PAR

Maurice BARRÈS

19

DIALOGUES PARISIENS

✤

HUIT JOURS

CHEZ M. RENAN

PAR

MAURICE BARRÈS

~~~~~~~~~~

PARIS

A. DUPRET, ÉDITEUR

3, RUE DE MÉDICIS, 3

—

1888

DÉDICACE

Mon cher ami,

Un publiciste judicieux a écrit des
conversations de Gœthe avec Ecker-
mannque, si elles n'avaient pas été
tenues réellement, il faudrait les
inventer.

M. B.

HUIT JOURS
CHEZ M. RENAN

> Et pour parler convenablement de
> M. Renan lui-même, si complexe et si
> fuyant quand on le presse et qu'on
> veut l'embrasser tout entier, ce serait
> moins un article de critique qu'il con-
> viendrait de faire sur lui, qu'un petit
> dialogue.
>
> SAINTE-BEUVE.

On sait que M. Renan possède à
Perros-Guirec (Côtes-du-Nord) une
petite maison d'été, où il passe chaque année les mois chauds.

I

A TABLE

Pendant le dîner, qui fut simple, M. Renan vint à parler d'un jeune homme de Perros-Guirec :

— « C'est un excellent esprit; il est instituteur près Versailles; il voudrait quelque avancement dont il est digne; je l'ai recommandé à mon ami le recteur de l'Université de Paris. J'ai écrit cette lettre avec plaisir. Et je fais valoir que son frère est mort au Tonkin. »

Il aurait continué de la sorte; madame Renan, avec un sourire et un peu de d'impatience, l'arrêta :

— « Mon cher ami, vous n'avez

2

rien écrit, quoique je vous aie prié souvent de penser à ce jeune homme... »

— « Je l'ai oublié ? j'en suis fâché ; c'est un très bon esprit, un excellent sujet : il méritait son avancement. »

Il y eut un silence, pendant lequel je me demandais s'il était aimable de sourire ou de n'avoir rien entendu.

M. Renan, qui s'aperçut de mon indécision, me dit : « Il faut l'avouer, j'ai des distractions. C'est que je suis un passionné, le plus passionné des hommes. »

— « Nous croyons tous, monsieur, que vous avez vécu comme un sage. »

« — Je ne suis un sage que depuis que les hasards du succès m'ont fait paraître tel. Toute ma vie je fus consumé de passion. Pour

la satisfaire, j'ai repoussé de vieux
amis et peiné les êtres qui m'étaient
le plus chers J'ai renoncé à un succès certain et immédiat à l'âge où
on y trouve réellement de grands
avantages. Jusqu'à cinquante ans,
je ne me suis jamais couché avant
les deux heures du matin. Enfin
j'ai abîmé mon estomac ; n'est-ce
pas, monsieur, le fait d'un homme
passionné? Pour connaître les origines de notre foi, j'appris l'hébreu,
le syriaque et le chaldéen. Ce m'é-
taient des travaux délicieux, et tels
qu'aucune amante n'aurait su
comme eux remplir ma vie. Je crois
que Don Juan eut un cœur moins
ardent que ce petit philosophe que
j'étais, sous la froide charmille
janséniste de Saint-Sulpice.

« Madame Sand, qui m'aimait
beaucoup, me pria un jour au Ma-
gny; elle voulait qu'en dînant je
séduisisse son ami Gautier. Nous

passâmes deux heures d'une fine
intimité d'esprit. J'admirai Gautier.
Je fus frappé du découragement de
ce grand artiste. Quoi! ses phrases
éclatantes, la belle netteté de sa
vision, lui laissaient le loisir d'être
inquiet! C'est que de courts poèmes,
un conte parfait, ne nourrissaient
pas assez régulièrement sa passion.
Son enthousiasme avait des répits,
des jours de diète ou de viande
creuse de journaliste. Il lui fallait
s'efforcer ensuite, comme un amant
mal entraîné, et repartir sur de
nouveaux frais. Pour moi, j'ai
donné, chaque matin, à ma passion
un dictionnaire et un lexique à dé-
vorer. Le champ des études historiques où je vis est immense, et,
s'il venait à nous manquer, j'en-
trevois les sciences naturelles, qui
sont inépuisables.

« Madame Sand demanda à Gautier comment il m'avait trouvé :

il répondit : « Renan, c'est un calo-
tin. » Il avait bien raison. J'ai toujours rêvé de m'enfermer dans une
œuvre idéale. J'ai fait ma vie pauvre,
pleine d'émotions intimes, exempte
des soucis matériels et des influences
extérieures. Tandis que d'autres
passaient superbes de vie, connais-
seurs de tous les tourments et des
jouissances, peut-être quelquefois
ai-je trop admiré leur sang si chaud
et leur jeunesse orgueilleuse. Mais
j'ai bien vite reconnu, sous la ma-
gnificence de leurs attitudes, *l'igno-
minie du siècle*, la tristesse de tous
les désirs. Je m'en suis tenu aux
choses de l'âme, je suis un
prêtre... »

Je ne sais quelle maladresse fut
commise dans le service, dont madame Renan profita pour nous in-
terrompre, disant à peu près : « On
ne peut plus rien faire de ces filles

depuis que des journalistes sont
venus à Perros. A ces messieurs
tous moyens étaient bons pour connaître des détails de notre vie. Ils
surent paraître séduisants à ces sau-
vagesses... »

« — Ils avaient raison, reprit
M. Renan, en me versant un verre
de fine champagne ; moi-même,
pour connaître les secrets de Dieu,
j'ai fréquenté ses serviteurs. C'est
d'eux que j'ai appris le ton et les
anecdotes qui plaisent dans mes ou-
vrages. »

Nous passâmes sur la terrasse. A
travers une éclaircie des arbres on
apercevait la mer, et cette masse
d'émotion confuse qu'est l'Océan le
soir faisait paraître bien petites ces
coquetteries d'esprit.

Quelques jeunes gens, Parisiens

en villégiature à Perros, vinrent nous rejoindre, qui imaginèrent de chanter des chansons bretonnes. M. Renan, pour les obliger, entonnait avec eux le refrain de *la Reine Anne*, qui N'est PAS obscène. (1) Puis, il se tint à l'écart, approuvant de temps à autre, jusqu'à ce qu'il obtînt le droit de se faire oublier *.

Cette fois encore, je fus frappé de l'écrasante bienveillance de M. Renan, et je lui sus gré de ce qu'elle témoigne de mépris pour le monde extérieur. Son ironie métaphysique est une excellente attitude en face d'un univers qui manque décidément d'imprévu. Ce n'est pas l'optimisme facétieux d'un

(1) Voir la note à la fin de la brochure.

* On sait du reste, que M. Renan ne fait aucun cas des jeunes littérateurs. Il pense justement que c'est prétention et échec d'écrire avant la quarantaine. (La France meurt des gens de lettres, me disait-il un jour.)

homme pour qui le hasard fut gé-
néreux, mais la clairvoyance d'un
haut esprit, résigné à l'irrémédiable
bassesse du plus grand nombre des
minutes que vivent les hommes et
qu'il vit soi-même. Tandis qu'il
roule sur ses épaules sa tête grossiè-
rement ébauchée, et qu'il tourne ses
pouces sur son ventre merveilleux
d'évêque, tous lui sont indifférents.
Il ne s'intéresse qu'aux caractères
spécifiques, l'individu n'existe pas
pour lui.

II

EN PROMENADE

Vers les quatre heures, en longeant l'Océan, nous sommes allés à Perros-Guirec, qui est un petit village de baigneurs, à huit cents mètres de la maison Renan. En avant, marchait M. Berthelot, grand et maigre, coiffé d'un feutre négligé, puis madame Renan et madame Psichari. Le maître, considérable, et son chapeau à la main, traînait un peu à cause de ses rhumatismes. Nous étions fort salués, et il paraissait jouir de cette bienveillance de l'au-

3

tomne et des gens. Après qu'il eût
un peu soufflé, il me parla de cette
douceur qu'il goûtait à être aimé
dans son pays natal, où jadis on
l'eût écharpé.

« — A Ischia, me dit-il, je passai
des étés délicieux avec Hébert, mais
cette terre d'Italie, courtisane qui
ne s'est jamais refusée, ne sut s'assurer mon cœur. Il me fallait le
foyer de mon père, la vie de Bretagne. Or, c'est une idée excessive
de leurs devoirs qui poussait mes
compatriotes à violenter leur âme.
Ils m'ont toujours aimé sans qu'ils
le sussent. Le directeur de Saint-
Sulpice, l'abbé Le Hire (Arthur-
Marie), était de Morlaix. Il fut at-
tristé par la flexion que je dus im-
primer à ma vie. D'une haute
science d'orientaliste, il eut à reviser
à son point de vue mes travaux. Il
fut brutal (l'Eglise m'a habitué au

ton de ses polémistes), mais il s'en excusait presque. Il écrivait : « M. Re-
» nan a-t-il encore le droit d'exiger
» de nous que notre indignation se
» contienne. En repoussant ses atta-
» ques, nous ne faisons que nous
» défendre ; nous soutenons une
» lutte généreuse pour ce que
» l'homme a de plus cher et de plus
» inviolable, *pro aris et focis**. »

Il s'agissait de ma mission en Phénicie, et cet excellent homme, écrivait avec la gaucherie la plus adorable du monde : « M. Renan
» sait que je ne le hais pas. Plût au
» ciel que la Providence, qu'il n'in-
» voque plus, fît tomber entre ses
» mains quelques rouleaux pou-
» dreux, enfouis pendant des siècles,
» où fussent consignés les annales

---

* Dans cette citation et les suivantes, on a rétabli le texte exact. Ep'graphie phénicienne. Juin et juillet, 1864, dans les *Études religieuses, historiques et littéraires*.

» de Tyr et de Sidon ! Plût au ciel
» que, laissant là la Bible, il s'honorât
» lui-même, en honorant sa patrie,
» par des travaux d'histoire et d'ar-
» chéologie sur les pays qui ont été
» le théâtre de ses recherches ! J'ap-
» plaudirais à ses efforts, je louerais
» ses succès, et, s'il était nécessaire,
» j'excuserais ses écarts, dont les
» plus habiles ne sont pas sûrs de se
» préserver. Mais c'est lui qui nous
» oblige à changer notre voie. »

Et à la fin : « J'achève ma tâche,
« disait-il, avec la douloureuse pers-
« pective d'éloigner pour longtemps
« un ami des jours anciens que nos
« bras ouverts ne se sont pas lassés
« d'attendre, mais avec la conscience
« d'accomplir un devoir. »

Tandis que l'épiscopat presque en-
tier, avec une colère de tête, me trai-
tait injurieusement, Le Hire est
avant tout peiné. Il souffre de me
haïr, mais il a des scrupules de sa répu-

gnance à me maudire. Ce n'est qu'en
se forçant lui-même qu'il grossit sa
voix. Tel fut le cœur de la Bretagne
à mon égard. Elle m'adora toujours.
Il n'en est pas moins vrai, ajoute
M. Renan en me fixant de son vif re-
gard, qu'il y a vingt ans tout ce
monde-là se fût sanctifié à me
mettre en pièces. »

« — Je pense qu'aujourd'hui notre
sécurité est parfaite, lui dis-je en
m'essayant à plaisanter.

« — J'invite les maires à dîner, vo-
lontiers. On voit les sous-préfets et
les chefs de gare pleins de préve-
nances pour moi. Puis, c'est ici un
pays civilisé, où fréquentent les baigneurs, à deux pas de Lannion. Il
ne serait point convenable que je
m'aventurasse dans une réjouissance
du Finistère, dans un *pardon*,
veux-je dire, parmi quinze cents

gaillards d'intelligence courte, tou-
chés d'alcool, et qu'un geste du vi-
caire peut déchaîner. Mais je re-
trouve par ici de vieilles relations
de famille. Si vous étiez Breton,
nous serions cousins ; la politesse
le veut.

« L'autre jour, à la gare de Lannion, un aiguilleur a serré la main
d'Ary *, et lui a dit que j'étais un
brave homme, que mon père avait été
son parrain. Puis il l'a chargé de me
souhaiter le bonjour.

« Au vrai, ma mère n'a laissé ici
d'autres parents que Joseph Morand.
(Il disait *Joson*, et m'ajoutait que
lui-même, sa mère l'appelait *Ernes-
tic*.) — Morand est avocat à Lannion,
où son père, jadis, fut greffier du

---

* M. Ary Renan, le seul fils du grand écrivain, esprit très orné, peintre de rêves choi-
sis et qu'on connaît trop peu, écrivain d'un
maniérisme délicat.

tribunal. Nous nous sommes beaucoup aimés.

« En 1830, j'avais huit ans ; ma
mère et moi, nous étions chez les
Morand, au manoir de Travern,
près de Trebeurdin, au bord de la
mer. Je vois encore notre banc de
pierre abrité de la brise, et les va-
gues qui se pressaient. Je lisais Télémaque. Ma mère aimait beaucoup
Télémaque, monsieur. C'est un bien
beau roman. Et une vieille femme
accourut disant : « *Ar revolution so
e Paris!* La révolution est à Paris !
Nous restâmes désespérés, à cause
de mon frère Alin qui était là-bas,
et nous pensions qu'on allait tout
tuer. »

Je ne sais comment M. Renan
me dit cette histoire, mais j'y trou-
vai, dans un raccourci touchant, les
visions de ce milieu étroit et senti-
mental où, petit enfant, près de sa
mère, il préparait son génie. Avait-

il deviné mon émotion. Il me dit
d'un ton affectueux :

— Vous aussi, vous aimez Télémaque. Eh bien! venez demain matin, je vous lirai les pages chiméri-
ques que je me plus à écrire en
rêvant que Fénelon m'eût approuvé.
Vous voulez savoir d'un vieil homme
s'il est heureux. Vous doutez qu'il
lui suffise d'avoir écrit des pages
qui plaisent, et de dîner avec de
belles amies à Paris. Le vieil homme
vous montrera que son bonheur est
la certitude qu'il n'a pas démérité
du petit garçon de Trebeurdin, qui
lisait Télémaque à sa mère auprès
de l'Océan.

Ces dames, pour nous attendre,
étaient entrées dans la petite pâtis-
serie de Perros. J'allai les rejoindre,
car je sais que Renan aime à mar-
cher seul. Et puis il affectionne un
certain nombre de considérations

étymologiques, sur l'île *Tomé*, par exemple, dont le nom vient de *Stoma*, grec, ou de *San tome*, espagnol, qui, je l'avoue, m'ennuient infiniment.

4

III

DANS SA BIBLIOTHÈQUE

Comme Renan m'y avait engagé, je suis venu chez lui, au matin. On me pria d'attendre dans la bibliothèque ; j'ai préféré visiter le jardin, car ces matinées de Bretagne sont admirables et joyeuses. Ce bouquet d'arbres dans cette gorge, si rares sous le souffle de l'Océan, la mer belle à l'infini devant moi, ce sol antique et couvert de divinités tristes, et là, dans cette petite maison de briques, l'intelligence la plus claire, la plus ornée que je sache, tout m'enchantait. Et j'étais orgueilleux de moi-même, parce que je sentais si profondément les belles choses.

Le maître m'appela depuis la terrasse. Dans la bibliothèque, nous avons un instant regardé ses livres. Je crois bien que le plus fatigué est le traité de Cousin, *Du vrai, du beau et du bien*.

— C'est, me dit-il, un maître presque complet, un écrivain éloquent et un manieur d'hommes.. Moi, je n'ai jamais su plaire qu'en tête à tête... Mais peut-être, continuat-il en souriant, peut-être Cousin ne voyait-il pas de différence très nette entre l'influence de Jésus sur les Apôtres et sa propre dictature à l'École normale.

Renan me dit encore : « Il est vrai qu'on veut bien m'offrir beaucoup d'intéressants volumes. Un

jour, décidément encombré, j'ai
prié un libraire de m'en débarras-
ser. L'homme jura qu'il ne me
laisserait pas l'ennui d'enlever les
dédicaces, que son petit commis et
lui-même y suffiraient. Je me défie
peu de la malice humaine... C'est
depuis cette époque que j'ai reçu
des lettres anonymes, où l'on me
tutoyait, monsieur. L'abbé Car-
bon, de Saint-Sulpice, avait bien
raison de n'aimer guère le talent,
et de nous assurer qu'il est la
source des vanités les plus désordon-
nées. »

Quand nous fûmes montés au
premier étage dans son cabinet, dont
l'entrée est une rare faveur, Renan
ouvrit un manuscrit intitulé *Souve
nirs de vieillesse.*

J'ai noté le soir même ce que
j'entendis. Mais je crains qu'on ne
trouve ici qu'un miroir bien obscur

des visions délicieuses que me fit
M. Renan pendant cette belle ma-
tinée.

Souvenirs de vieillesse.

M. Renan rappela ainsi le banquet
de Tréguier, du 3 août 1884 :

« Tout ce qui se dit sous la rose,
selon le proverbe des anciens, me
parut toujours devoir être tenu se-
cret. Nous avons dîné sous un ver-
ger en fleurs. Parmi cent cinquante
convives, j'étais placé entre l'adjoint
et le maire, les plus vieux du pays.
Si j'ai eu quelque talent, ç'aura été
de comprendre l'âme naïve du peuple. Et pourtant mes deux voisins
m'ont-ils trouvé intéressant ?

« Quand N. Quellien eut dit ses
vers mythiques, que je connais si
bien, je me levai. Cette race idéa-
liste des Bretons cherchait dans le
cidre ce don de poésie que le monde

m'a accordé. Mes jeunes amis de
Paris interrogeaient curieusement
le front charmant de nos filles de
Bretagne. Je promis quelque bureau
de tabac, puis à des poètes la bienveillance de Calmann Lévy. Seul,
alors, je descendis ces rues étroites
et tortueuses de Tréguier ; je traver-
sai la place de la Levée, au ras de la
cathédrale et du cloître, jusqu'à la
petite rue Stanko. Chaque pas me
troublait de souvenirs.

« Cette soirée, passée dans cette
étroite ville de mon enfance, où j'a-
vais si peu prévu mon avenir, me
reviendra, je crois, à mon lit de
mort. Emu presque mystérieu-
sement à l'idée que sur cette pierre, où, vieillard illustre, je m'ac-
coudais, j'avais joué avec mes petits camarades, je vis du coin de
ce cloître se lever sur les routes
de ma vie tant de scrupules qui

me remuèrent si douloureusement.

« Non, mon œuvre n'est pas mauvaise, non, je n'ai rien renié. J'ai appris à faire des plaisanteries que je ne goûte guère. Mais je garde tout mon amour pour la flèche légère de cette église. Quand on croyait que je l'ébranlais, je l'ai secourue. Elle peut l'ignorer. Moi qui fus dans ce siècle son meilleur fils, son soldat plus utile que les Lacordaire et tant de zouaves, elle n'a pu me récompenser. Je ne serai pas enterré dans le cloître. O mes maîtres, mes amis, êtes-vous donc morts sans une lueur de la fidélité que je vous gardais, sans soupçonner que moi, l'un des vôtres dans le camp ennemi, j'étais le vaincu qui prend insensiblement la direction de ses vainqueurs.

« Voyez ceux que je vous amenai, Francè, Bourget, Fouquier, Lemaître, pour citer quelques noms

profanes qui vous sont peut-être par-
venus. Ils respectent vos caractères,
ils aiment vos rêves, ils serviront
votre mémoire. Par moi, des jeunes
gens pleurent le soir en pesant votre
destinée. Et combien, derrière eux,
qui n'ont pas ce vain talent de mettre
leurs pensées dans des mots, mais
qui ont reçu de mes mains des âmes
dont le parfum vous serait agréable.
Et ceux-là, qui vinrent à Guingamp
me recevoir pour que je dîne avec
eux, rendaient encore hommage à
votre idéalisme...

« Par ce chemin, du collège à la
maison, que je parcourais deux fois
par jour quand j'étais petit écolier,
je suis rentré. L'excellente femme
à qui je loue la maison de ma mère
et qui me loge a voulu me donner
la plus belle chambre. Si je n'avais
craint de la contrarier, et si les in-
firmités ne m'avaient fait plus dé-

licat, j'aurais voulu reposer, comme
jadis, dans la cuisine, au coin de la
cheminée. Mais pouvait-elle comprendre que le véritable honneur,
pour un vieillard, est de reprendre
la place qu'enfant il occupa. Bien
peu en sont dignes. Le petit Renan
était tout ce que je suis maintenant.
Et il avait en plus de nobles aspi-
rations que j'ai laissées en chemin.
Dieu est fort raisonnable de faire
des anges avec ceux qui meurent
jeunes; ils y conviennent bien mieux
que les vieux saints, toujours un peu
chagrins et amers. Je doute parfois
très sérieusement de l'esprit humain
qu'alors je ne songeais même pas à
critiquer. A douze ans, je possédais
les dons et même les rhumatismes
qu'on me voit aujourd'hui. Je n'ai
rien acquis, si ce n'est l'usage des
dictionnaires. Même, ai-je eu l'art
de faire mon chemin ? Un siège au
Sénat, quelque influence sur les

5

destinées de mon pays, n'auraient
ils pas flatté ma vieillesse ? »

———

M. Renan vit que j'étais frappé
de cette demi-ambition qu'il avouait.
Et fermant son manuscrit, il me
développa sa pensée :

« Un excellent chroniqueur a reproché à mon ami Berthelot d'aimer les places. Je comprends bien
qu'il ne s'agissait pour M. Scholl
que de placer une plaisanterie dont
il était satisfait. Il a parlé de Berthelot pour laisser souffler M. Sta-
pleaux, sur lequel, me dit-on, il
s'exerce d'habitude. Je crois qu'il
m'est arrivé à moi-même de prêter à
saint Paul, lors de son agonie, des
considérations dont il était en fait
incapable. Mais j'accepte pour moi
et pour Berthelot cette affirmation.
Oui, nous aimons le succès. C'est

que nous sommes des savants, l'un et
l'autre, et doués du sens historique.
Moi, qui ai écrit les origines du
Christianisme, et lui, qui étudie les
origines de la Chimie, nous sommes
accoutumés à considérer chaque
forme du génie humain dans son
développement, depuis la racine,
depuis la germination sourde, jusqu'à la fleur. J'ai vu que Jésus n'était
le Christ qu'on adore que pour avoir
réussi ; s'il n'eût pas su manier les
hommes, il ne conquérait pas ses
apôtres, il n'émouvait pas le peuple :
il demeurait un rêveur sans histoire.
Berthelot m'affirme qu'il y eût parmi les alchimistes des intelligences
de premier ordre, des génies en
puissance, à qui il n'a manqué, pour
être les véritables serviteurs de l'intelligence humaine, que d'être re-
connus par elle. En un mot, d'avoir
le succès. Je tiens pour de vaines
subtilités du bibliothécaire les dis-

cussions sur le génie de celui-ci ou
de celui-là, morts il y a cinq siècles.
L'amoureux du progrès ne peut
classer parmi les héros que ceux
qui aidèrent à quelque groupe humain. Le plan merveilleux qui nous
eût assuré la victoire en 1870 et qui
est resté dans le portefeuille d'un
petit lieutenant est une belle œuvre
pour une centaine d'intelligences
spéciales; mais je regretterai toujours que ce lieutenant n'ait pas eu
son succès alors, c'est-à-dire n'ait
pas su faire reconnaître son génie
en temps opportun. En voilà un qui
serait un grand homme. Chacun a
son heure dans l'humanité, où il
peut-être utile; la gloire l'en récom-
pense. Archimède apportant aujour-
d'hui la quadrature du cercle? Il fit
bien d'avoir son succès au IIe siècle
avant Jésus-Christ.

» Un esprit assez grossier sera
réellement un génie s'il en remplit

l'office devant l'humanité. Ainsi de
Hugo : j'ai mis quelque temps à
comprendre ce grand poète ;
vous savez que je n'entends pas
grand chose à la littérature ; je ne
sais que dire à peu près, dans
l'ordre logique, les petits faits
qui peuvent intéresser ; Mérimée
et Sainte-Beuve me plaisantaient
souvent : « Il faut que chaque âge
ait son vice, disait Sainte-Beuve ;
n'avons-nous pas été romantiques
à vingt ans? Renan le deviendra sur
le tard. » En effet, quand Victor
Hugo revint de l'exil, quand je vis
la haute conviction de ce vieillard,
son culte de soi-même, l'enthousiasme de trois générations autour
de lui, je compris que j'avais tort
de ne point l'admirer davantage.
Celui qui sait éveiller les plus nobles sentiments dans les poitrines,
quel qu'il soit d'ailleurs, il est
bon que nous l'honorions ; il est le

lieu où s'échauffe l'âme de la Patrie. »

Ainsi parlant, l'illustre écrivain se prit à rire doucement. Pour moi, j'admirais la largeur de son génie et le charme de son caractère.

IV

DANS LES COULISSES

Cette après-midi, quand je fus introduit dans le cabinet de M. Renan, l'illustre académicien sommeillait légèrement sur d'antiques grimoires. Avec une parfaite aisance, il se réveilla, sans secousses, comme un sage qui est accoutumé de passer du rêve aux affaires. Et déjà il m'approuvait.

Après un silence : « Monsieur, lui dis-je, avez-vous été impressionné de l'assaut qu'on vous fit, pour votre *Abbesse de Jouars?* »

J'avoue que la question me parut aussitôt fort maladroite. Mais cette chaleur, cette digestion du milieu du jour, m'ont toujours accablé.

M. Renan, (qui me traite avec beaucoup de faveur, parce que je suis jeune et que je n'interroge que pour plaire), ayant levé sur moi ses yeux extraordinaires de finesse, me rassura de la tête; puis il installa son énorme corps pour parler plus à l'aise:

« Le monde a prétendu que j'étais un écrivain inconvenant. Je croirai difficilement que j'exalte le vin, les femmes et la chanson, et que, devenu grivois sur le tard, je dépasse Béranger, pour lequel, jadis, j'ai dit ma répugnance jusqu'à inquiéter l'impartialité de Sainte-Beuve, qui n'était pas non plus un esprit en goguette. Pourtant, que j'offense le front tendre des mon-

daines, cela est possible ; mais je ne
puis le savoir. Au séminaire, quand
on nous lisait les discussions les
plus audacieuses des casuistes, nous
étions tous à genoux avec nos sur-
plis sur le dos. C'est une habitude
que j'ai conservée. Les propos qui
offensent le plus les âmes du siècle,
je puis les entendre, sans détourner
ma pensée ni mes yeux de mon
Dieu intérieur. Même je ne les pro-
nonce, comme le prêtre, que pour
apprendre à chasser les soucis de la
chair. Platon m'en a donné l'exemple. Mon noble ami M. Michelet
l'a très bien vu : le *Banquet* est
austèrement licencieux. Une scène
hasardée faisait courir de main en
main ce petit livre si fécond qui a
plus servi qu'aucun la cause de l'idéal.

« Le *Figaro* de son côté m'a reproché d'avoir de l'esprit. Il est vrai que
j'ai souvent envié les rédacteurs de
ce journal : un journal est la meil-

leure forme que je sache pour l'ex-
position de la vérité. A côté d'un
premier-Paris, qui est une affirmation de principes, voilà le portrait
d'un homme politique, un tableau
de la situation du pays, les ruses
des élections, mille petits faits qui
corrigent l'absolu des doctrines affi-
chées en première page. Puis, vien-
nent les échos, avec leurs *Five o'clok*,
leurs intrépides vide-bouteilles et
autres détails de luxe; et par là vous
indiquez que les hautes recherches,
si belles qu'elles soient, ne sont pas
toute la vie, que les sourires, les
primeurs et la lumière électrique ne
sont pas une quantité négligeable.
Ainsi, les divers articles d'une ga-
zette donnent à chacun de nous la
vision du monde dont nous sommes
coutumiers, et, les renfermant toutes, le journal est bien la forme la
plus approchante que nous ayons
de la vérité.

« Il n'est pas jusqu'à cette formule :
La suite au prochain numéro, qui
ne soit excellente, car elle nous fait
souvenir que Dieu, ce merveilleux
romancier, n'a jamais dit son der-
nier mot.

« Vous êtes un peu journaliste,
monsieur, mais, avouez-le, votre art
exquis ne peut être compris dans ses
intentions que des intelligences très
averties. Dans le temple de la phi-
losophie, vous êtes ces *dilettanti*
qui passent leur vie à regarder par
la fenêtre. Mon métier est plus triste ; je suis un pédagogue.

« C'est moi qui commente toutes
les jolies choses que les journalistes
d'aujourd'hui et de jadis ont vu
passer (les journalistes de jadis,
c'étaient les prophètes ; ils faisaient
des *premiers-Paris* très violents sur
la place publique : Rochefort ou
mieux Mme Michel m'aident souvent
à me figurer Ezechiel).

Je dois montrer le rapport des divers idéals de l'humanité, faire luire
les faces diverses de la vérité : je n'ai
rien trouvé de mieux pour cela que
d'incarner chaque opinion en une
personne, et de la faire se comporter
comme un être vivant. J'ai écrit des
dialogues pour exprimer les degrés
divers de ma pensée, avec des nuan-
ces plus fines. Mais vous pensez
bien que je n'ai aucune intention
scénique.

« Le théâtre vit de la passion qu'y
porte la foule. Les applaudissements
populaires nous effrayeraient, nous
autres, abstracteurs de quintes-
sence. Il ne serait pas bon que des
esprits neufs, ou du moins mal ren-
seignés, fussent mêlés aux jeux de
la métaphysique. Ils pourraient
tirer des conséquences dangereuses
de propositions que nous aventu-
rons, bien qu'elles ne soient, après
tout, que des vérités incomplètes.

Car, je vous le dis en confidence,
nous sommes d'étranges amoureux,
nous faisons des monstres à notre
maîtresse, qui est la vérité. Nous
avons fait des diables, des dieux, des
loups-garous et des constitutions ;
quand ils s'échappaient par le
monde, c'était un grand malheur.
Une sécurité nécessaire au penseur
est qu'il se dise : Je fais mes expé-
riences dans un cabinet bien clos ;
si mes calculs sont faux, si mes cor-
nues éclatent, je ne tuerai guère
que mon préparateur et une paire
de disciples. Bref, nous avons des
idées qu'il faut tenir en cage comme
les chiens sur lesquels travaille
M. Pasteur. M. Pasteur tient ména-
gerie pour le bien de l'humanité,
mais il peut être un danger pour la
rue d'Ulm. Ne lâchez pas plus en
représentations publiques les idées
d'un philosophe que les chiens de
M. Pasteur. »

J'objecte alors à M. Renan que le *Dialogue des morts*, qu'il a consacré à Victor Hugo, a été représenté par les artistes de la Comédie-Française. M. Renan me répond que seule cette grande circonstance à pu le décider à cette publicité.

Pourtant, j'ai surpris chez M. Renan une complaisance à parler des répétitions qu'à cet effet il suivit à côté de M. Claretie.

« Je craignais M. Coquelin cadet, me dit-il, parce qu'on m'avait prévenu qu'il fait sans trêve des calembours. Quoique j'aie vu Victor Hugo y exceller, je vous avoue que je ne goûte guère cet exercice. C'est que j'y suis inférieur. Peut-être, comme érudit, m'est-il arrivé de jouer sur les mots : les évêques me l'ont reproché ; mais c'était sur des mots syriaques, avec mes confrères de l'Académie des inscriptions. Dans notre ère, je ne comprends plus le calembour.

» Eh bien ! M. Coquelin m'a surpris. Le croiriez-vous ? Il ne me parlait que d'exégèse et de l'Institut. Il préparait déjà la candidature de Claretie. Et puis, ne le répétez pas, il ressemble un peu à ce père Le Hire qui fut mon professeur à Saint-Sulpice. C'est d'ailleurs un artiste de grand talent.

» Je finissais même par craindre M. Sarcey, car Mlle Reichemberg me disait toujours : « Qu'est-ce que pense Sarcey ? Avez-vous fait parler à Sarcey ? Comment voulez-vous débuter si vous n'avez point Sarcey ? » J'essayais de la rassurer ; mais son amie, Mlle Rejane, a ajouté en regardant ma redingote, qui est un peu longue, paraît-il, et a un air de soutane : « Ah ! vous savez, Sarcey n'aime pas les « cléricaux ! »

» Elle est tout à fait charmante, cette demoiselle Rejane.

« — Mais, lui dis-je, poussant avec plus d'audace mon idée, n'avez-vous pas souffert, quand M. Sarcey malmenait l'*Abbesse de Jouarre*?

« — Je vais, me dit-il, vous raconter un mot que je lui fis à ce propos. Il me disait, comme il dit à tous, qu'au théâtre on lui avait volé sa montre : « Monsieur Sarcey, lui « dis-je, qu'est-ce que cela vous fait. « Vous avez toujours regardé l'heure « à la montre des autres... D'ail- « leurs, vous avez bien raison : il vaut « mieux retarder avec tout le monde « que marquer l'heure juste tout « seul. »

Puis, cessant de tourner ses pouces, de balancer sa tête et de donner à ses phrases un ton vulgaire, M. Renan me dit en face :

« Vous ne comprenez rien qu'à la littérature. Ne parlons donc que de cela. Eh bien ! je suis sûr d'avoir fait une bonne tâche et durable, puisque mon contemporain Sainte-Beuve m'a aimé, et puisque vous-même, Monsieur, qui êtes très jeune, *vous m'inventeriez plutôt que de vous passer de me connaître.* Ainsi je fis avec Jésus, avec saint Paul, avec Marc-Aurèle — et avec moi-même, je puis bien l'avouer, quand j'écrivis mes *Souvenirs d'enfance.*

7

CONCLUSION

Ces huit jours écoulés, tandis que sur la ligne de Brest à Paris, je m'éloignais de Perros-Guirec, je me pris à songer à la mort de M. Renan:

Le monde en deviendra plus triste et plus vulgaire, me disais-je; mais la légende de Renan, qui est dès aujourd'hui en train de se faire, s'épanouira largement; or, rien de plus curieux que la formation d'une légende. Pourquoi ces traits qui s'exagèrent et ces autres qui s'effacent. C'est un type humain qui se crée, là, sous nos yeux, plus vivant qu'aucun chef-d'œuvre de l art, par la collaboration de tous.

Je crois que la légende de Renan sera poussée à la fadeur; son attitude d'écrivain trompe sur le fond même de sa pensée. Les plus avertis de ses admirateurs littéraires se plaisent à oublier qu'il est franchement anti-clérical dans la conversation, et que, sur cinq ou six points les plus importants de la pensée humaine, il est affirmatif et net autant qu'aucun esprit reputé vigoureux et brutal.

Ah! que la mort de M. Renan sera intéressante !

FIN

P. S. — Cette fantaisie, accueillie
avec faveur, je puis bien le dire,
par des lettrés délicats et prudents,
n'a pas été comprise de tous dans
l'entourage de M. Renan.

Au dessert d'un banquet celtique,
l'illustre vieillard, couronné de ses
bretons familiers, a cru devoir pro-
tester contre les pages qu'on vient
de lire. Son charmant petit discours
m'a étonné. Comme me voilà mé-
connu par un maître que je goûte
fort !

Que me reproche-t-il cependant ?

1° D'avoir pris la *Chanson de la
Reine Anne* pour une gaudriole
(page 17). D'ailleurs je ne m'en of-
fensais guère. On a vu (page 42)
que je ne suis pas de ceux qu'in-
quiètent les audaces sensuelles et
idéalistes de M. Renan.

2° Ensuite M. Renan affirme que
j'ai mal exprimé son opinion sur

Cousin. Mais, lui-même, je crois bien qu'il ne m'a pas compris ; c'est qu'il ne m'a pas lu. Il a bien raison, mais alors pourquoi risque-t-il de me chagriner ?

« On a vu dans ma bibliothèque, a-t-il dit aux Bretons, un livre bien fatigué. On en a conclu que c'était mon livre de prédilection. C'était un Cousin... et alors... c'est là un genre d'induction véritablement un peu hasardé, et qui me fait énoncer des opinions qui sont l'inverse absolu de la vérité... ».

En quoi ai-je donc blessé la vérité ? Je dis (d'après un rédacteur du *Parti National*) qu'on voit chez Renan un traité « *du Beau, du Vrai* » très fatigué. Je n'en conclus pas un instant que M. Renan préfère ce livre à tous autres ; je ne dis même pas qu'il le goûte un peu.

Mon Renan se borne à constater l'influence qu'eut Cousin, ses qualités d'homme d'action, sa dictature à l'Ecole Normale. Ce sont des faits que personne ne saurait nier. — L'éloquence littéraire de Cousin, M. Renan l'a jadis célébrée. — Du caractère de l'homme, de la conscience du penseur, *mon Renan* ne dit pas un mot ; il s'en tient à une réticence ironique. C'est qu'en effet, M. Renan a toujours négligé de s'expliquer nettement sur Cousin. Cela jadis aurait pu être utile.

Au résumé, c'est ici la réimpression du texte premier de cette fantaisie.

J'aurais craint, en modifiant quoi que ce soit, qu'on ne pût juger exactement de la bonne position que, dès la première heure, j'ai tenu dans ce débat.

Mais si j'ai confiance de n'avoir manqué ni de tact ni de clairvoyance, je suis inquiet de ne pouvoir améliorer la coupe de mes phrases et ainsi annoblir ce beau sujet où je me suis diverti.

M. B.

Pour s'édifier pleinement sur cet incident, les curieux pourront se reporter aux *Débats* du lundi 12 mars 1888, au *Temps* et au *Voltaire* du mardi 13. Ils trouveront une courte réponse de M. Barrès dans le *Voltaire* du 22 mars.

TABLE

———

———

ÉMILE COLIN. — IMPRIMERIE DE LAGNY

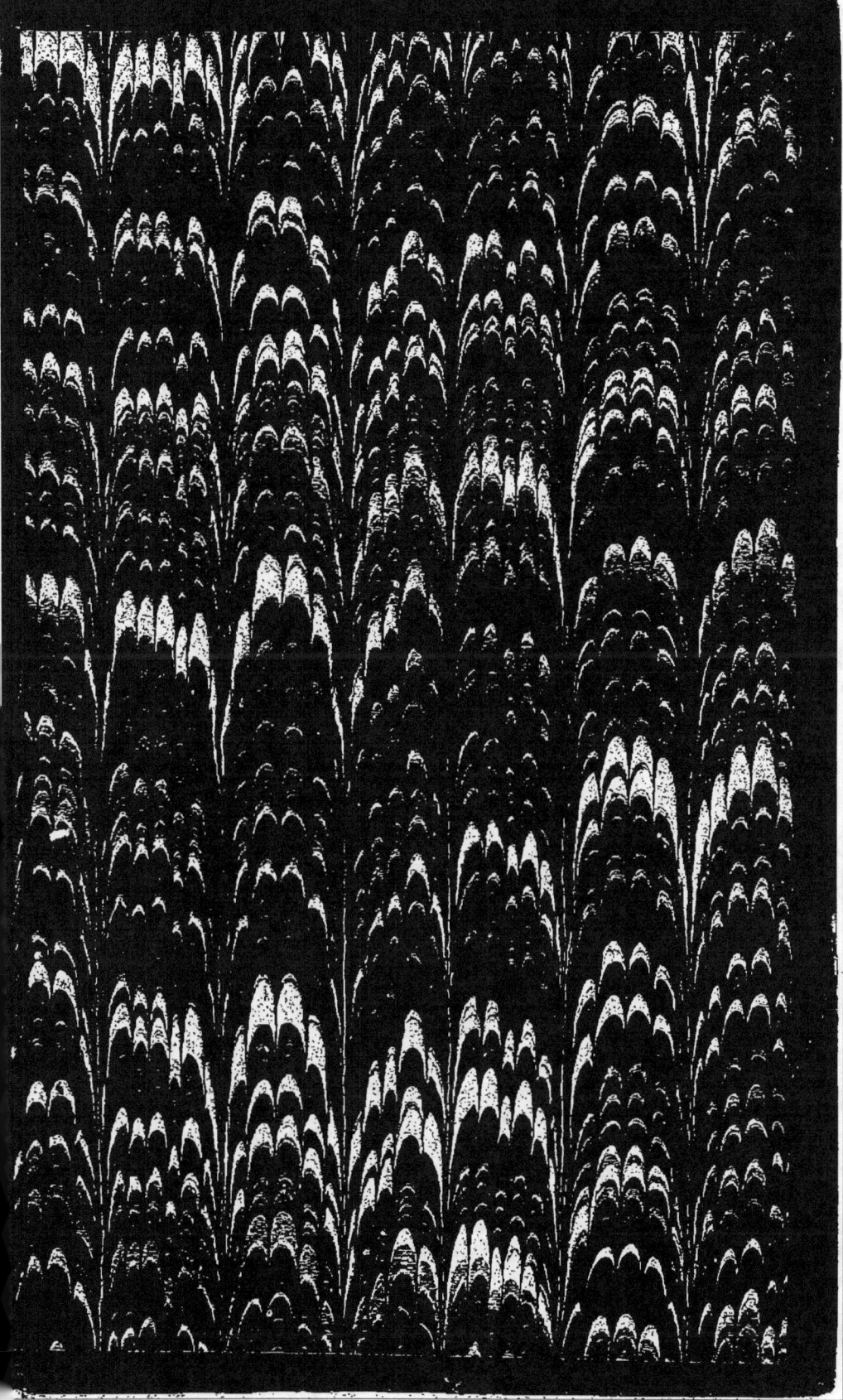

www.ingramcontent.com/pod-product-compliance
Lightning Source LLC
Chambersburg PA
CBHW060757180626
46818CB00002B/593